石川　透編

室町物語影印叢刊 25

天照大神本地

御祈禱
天照皇大神宮御縁起

六十二ゟし　大海ヨリモ高キ

壽永也

享保歳九之年　京ハ越月十六日

越之後刕魚沼郡
今町村

秋名月

すゞやま　ふもとの野辺比たるまでぞ

わのりよ　こゆる　あきの又じ里

此書一度讀申ハ伊勢ヘ二度
參詣シタルニ相當ルナリ穢(ケガレ)フジヤウノ
身ニテハ讀事ニ不叶讀毎月十六日ニ
手ヲ洗米ヲ三ニゼ塩酒ヲソナイ讀之ハ
御祈禱ニナルナリ又ハ命ヲ守リ神トナリ

語ノ[illegible]ニ一度モ上気象申サヌ人ハ
此土ヲ[illegible]ニテ居タル者ナリセメテ一度モ上気象
一筋ナリ機ニ付仏縁起ヲ為ニ[illegible]ヘ
至[illegible]之者ハ血ニ[illegible]アクタルナリ

高[illegible]氏[illegible]書ニ[illegible]也

天照皇大神宮御縁記

抑天照大神宮のいはれをくはしくたづぬれば本地ハ、
大日如来也三十七尊の徳体のそんもんなり垂
迹ハ観世音たる節ニ天竺婆羅奈国大王
おはしましける御名ハ乾陀婆羅王と申奉る七
のきさき八百羅云四方に住いだしてあまたの
あまた天竺あまたのきさき羅
あまた百四十四方あまたのはなれのきさきの
三つのせんありきまんのせんごまんのせん雑華のせん
これなれ所に三つのせんあり日のせん月のせん星

とん二無量劫に三ツとんあり佛のとん衆生のとん合たる
とん必ず劫に三ツとんあり必ずのとん衆生のとんこれ
とんこれハ十二門とんゑんあり又内裏のほてん名の
くるま八七百九年乃に今九十八むねづくりの大■ぜん三万八く
やうして 数千人せいたつほしくておさめたまふ人の
用甲胄千名あめのとく無量名者ばかりたまふや
般若とハかなる弟子も子老人とはるかにあそばして
鋼其これハかうのおほみた女いて十二願観音世尊
二丈ハ六尺に遊子あり無日ほけ経の長者くもんもん
理おに三種たち衆でふるまなんためいてハさうけんあそばし

なまいれどもあはれのさもしきさせ所やらんといのちと
陽へハ三年三月中ささ太夫九月九日にして近付
きくの花を愛でらだゝめすゝにたちより
陽の節こたなまへハゆめやがてさめに翁太夫にても
にお引めし夜もの哀れハ后の御愛寵あまされける
后はよし愛めしそことは申やらんあまらへ爾
たる花をたなまでさきたるハやがてちるよ
ありあとまきみることあれど宣ひハ太夫愛后らん
おんの口まゝ申しおまいらせをもてしくあくれやのほる
とつたハあし花なる花と一夜めでしてちる

さきたる花をもちて御ほとけに参らせんと給ひ
さる程にたゞ其月は日月のきさきとなり参らせて候
問こそたゞなにとぞあるべきましくおぼしめしさ給ひ
めでたき後にこそ御覧候はんあるべしと申さんと云ふ
いかなるその夜の宜へはさんけ月日のひかりさしてやがて
うぶやのうちにたゞ入給へて子おさけ給ふなり
十月が程にあるべきしくおはしますべきとて候て
あくる年の正月一日さるほどにとかく一日目十六日
たまおのべなるぞてあるは太子おうふけさせ給ふ
三歳二月十五日にはひがしにむかひて生まれさせ給ふひたいに

しんましまより八だいつたへてかいしやうにて御くわん同居

しやうぐんなりける大こくの御領申ありハ〔以下不明〕

ける大臣公頼のまごにて申に及ぶ延に同じ三位伊

まりとぞ承はせねとのこそまうりけるさるひとに御衣

おハ名字ごとなるたけきしやう角て年月おたくぶせ

給へ三年のうちに御局ありそめてまふおもひけ

給へ百日と云まのまだのくだらみ北の方にらず給ハい

ろく御らんせられきよく乃御まゝ都ハだにハねうさとる

うりけりきたるやハ申女ばらも生れながらハなれハなかりしや

十四日と申にハまいらせ及ハ母給ふなかりまつゝともに

ちりばめ給ひけるやさればかの天竺に及びけず
あの太子は十三にもなりたまひしかば御見えとして
むまうしくおもへんかあはれ程おもしろくぞ候
給ふ太子は母后にいだかれ給ひけるが程に
つくづくとびんびれいのうちとどまりてありければ
太王太子うちやよろこび給ひ給へるとも候はず
はあとも母とむかひさめぐればさとありのべの
かく申しは吾万人たちんとくわや御供十万人
りくしをもそれ給へおびざさぬ七日七夜
いはとむかひ浄八なりけり　さほどに太王ハ

ひよしにほどもしいやふくにおほえめしも
らちいこくハ七せん六百四回をめにあみれど
西といふ所に寺あまた給ふ本尊ハ薬三尊
つまハ百八十九里方九くらし里子六百六十ヶ所
あり寺領ハ田千町あまりばかりでハ三千七年
方なり寺社あるハ三まふかじとやりける程とむ
らくほこんつましあるれけるかけてにし月に
おくりたてまつるをたにこそわれん太子十二にてなせた
まふあうきれいことも又后添せたる女ハよそみハ
后をむらく経をするれきめしわん之を十二年

取年よりし縁ある人にたへ縁ふかくいまばかり
きよきこゝろにぬれあへいあれどもきゝてきハたまる
乃は前へたのみづきをおくしせ縁ふを使に山鬼
いふあるをめでられけるされた取あるはゆ也めに
よかましたまづきをあ返し縁ふたまハ山鬼に給るハ
いかにやまぬらけるあはれ親子のちぎりむ
あぶるゆらくこもやしことをうづくりたへる
いそかまねたらりるあるとをさぐしゆにかゝるい
宿まするよとおかまあさしそものかゝる何とおもい
縁ハ先けましと給ける山鬼人にはやしれど

名をあたへたてて三十六かせんにこしらへ
御ゑいざうじしれもせんぜのけいべつどうを
さためてのぼりやくそくあしともといやとお宮へ
ふそくあらば又たなばたをおくりたまふ字はこかく
此御わざのまゝ御ゆゑ玉章をそなへさきをさきを
てたなばたふ山の名にたけりやけることさらあすと
おたてゐらう給ふのう長七へにあるなきのも
うきこもげをそへそへきなきさ菓子おそなへいあきなる
もやく三郎ら郎くハ大上之ヒさきすれ仲をあく
あしてたなばたそれ也七月七夜満ちくはしはへかぞへ見

ぞみもまれたるに、のりものハそれとも一こしとてハはかり
けりけるに、さてもおなてまれら[redacted]がのろ人と申は、
矢わせん角やせんおなりまれものて名はなにとか
大学のかみに法よりあるべきとて御徒に御屋形
うしろせられけれどもたはふる大臣ハ字名大学ハ
うつりかほろうハまもあらしさらめて縫殿御機嫌
にてあるてしこそとうう此御もも名されねハ
名ハふく腹おなてたゞハうり御おほされける大宮
乃御屋形乃中にこんずこんて、乃ハやうの階をおり女
摩立金大臣たのこともも吾の御市にたうてせいれど

ミヽ人丞相に非ずこれハ太上天皇なるべしとて
さんにこうしやうれけりと宣ひて尊号をかへし
けれ投父をハ太上天皇に叶の宣ひハ太上皇まし
勅しめし宣の給すへき其伝そ代稀なり
めし寄て帝に勅使おくりて位給ひ宣ハ
大臣安堵し勅使おくりて除是ハ世みのハ名代
位乃かとしこんげんてん乃ハなきの證帝なる
こ候まつに是ミかとん中太臣けの安堵し
然るに此子孫あひも名おれかんかり仰とおもへ
よろしまたかやあ勅しめしとのかふさとにてを

諸仏菩薩をハしめたてまつり閻魔法王
こぶやうくん石れんためけつつらい擬ひ御武士たら
三衣へまて閻魔、さんた、あまれあるこの表札ト、
太王乃御身あつまりを御弁の怨霊にあつ以
張子御名父地布上人止月まり為子に八れ細父二
即了御王自て喜きを御たいめんまてこれいさん
だいほもべつの子細それになすし為子おまてさな
張みの御りハ三をやうくんのためにとかりハまもく
子おせつかんまるハ空こ悪をこあさかさいあハ
あまりにせつかんするをヘハニこくらにたてたへて

ふた琵琶をならへあらそひ弾きにはかへのあるとの
御ともの人々弾てこそ御ちやうにて
なりくの御ゆるさせ給ひかるきあなりけり
琵琶をひとつはきえんあれの御めぐてもちん御見ん
あんさる弾き　さきの名をわすれく帰しく
あまりめでて諸仏菩薩たてまつられまする
御とむらひにはいまにおはしますてんちうの家にて
あまりめでたさも帰てのせきたる事を
あまりめでて弾く官に弾
やあるらん、ふさく御たあめんあまされ

地府上人ハ佐佛寺へそ久しくまうであり皇
れは心あ田にて七日七夜もんのみまれ地府上人
のはきやうくへに渡まするてまて張さども夜ハ
あかくんみくるとて一ふこましとてみんやせん自
せんこ院志おなろ宮ろ志ゆへに総安夜
八幡の御本地ハ此ていんに中おかけ給へ八幡ハ七百余歳
れはそんあれハ三ぜんたせんすいも一度にやまる
うと あつかりをあたしこ宮をやうもあり太王ハ
東のあんてよそせんすふ太子にてきれまいらせ給めす
にけ給へしがきこうふゆるんあらうりずてるやけ

経に有十一めんくわんおんろくさゝと釈しおいて
おとおもてたて大花車のせまふ大字にける
釈迦仏ハ何くゑありとも十一めんしをしておほされ
なまけまふ[?]御[?]これハせんぜ[?]ぜのもやくはしまれ
座ましまし候御方こ[?]そうぞうりおす御膳御方ハ
これハおやぶのくわんおんと云ふをおもてハけまか
どくにうせたり釈ハくわんおんのへんけおふをして
必くわんのあつへおもへんおつくハまい世見れハ大さある
ちゑべく足ハくものにさまりけるおゝかくことまれ
ちりしてい長成わ六道の内の衆生寺[?]おりんおて

おそしなれを大臣念をかけ大王にはいのちをとらんとす
大王やがて大臣たちに仰付られ十一めん観音を
きりせまり仏体をうちより経をよみ拝みたまへは大変ん
たらにおそれてまいり大王我が前にて官に人へ
陀羅尼を唱え給ふに大王我が心に念かけまいらせと申
とり大王へ申して衆生をあまねく救ひ給へと出門に
かゞめめまいらせて挨八千の人のわざをなしつるがその様
蒼（さわ）はざるほどに消えてんやとかく怨ん天竺へうた行かみ
なくされ仏体有うらみ念ふかくてそれよりむかしても
七十六年ところをやしてせんけんすんけん法へ

じ法を十万人のともがらをそつて三けんの内にたて籠く
もろもろの大臣をつよ十七ヶ条あはせ給ふ大臣ひろめや
叔父大臣と経をのぼせざりし経巻れハ太子守屋めしやく
王に申してこそ死やう申しつかれ御ゆるされ
母者がさいなまれいまをかぎん宮ハ大臣より
守めしいでてさきに宮をも召にうらみありて二位
宮えてし後ハ名を右大臣卿へおくりあだ母を御さむらい
せんじ宣ハ太子はうしなめられ候ハ
さきよが母上ハ御せいめさへせめやらる
れうらうをかさねてあかしあかさせたまひたたいたり

聴かをとも申せハ経に法まじく是にあれをこ申せん心の
たけくは臣かを法をもむやく有りけるへをも同じ御形
成気かりまし候えと實ハ大臣をもあまとにのこら候へ給し
御ことを法れて法名忠あらさをもゆるべしと法ける
志ほず然にたやくせんだんにて大乗お櫨て大臣や
其子と後備前の山布上人さ一万人大臣と子ねの
如きいて百八十日にて五百羅漢摩訶の法をまふさる
どきちまくハ蓮花令申先に大臣それらせをまふ
名のあしをも申あれハ名お念ん又名にたのまれ
ちまるハ忍布にてハやうの頭おらりにおたん摩訶余

大だんおこりてかりかほらにつけくださおのござ候を
到き去年とに摩訶般若すゝ三りんアいとさ給ふ一大
位法をまふされば一りんこゝまてゝ老やみさられ、山で
大たい法をまふされば百録日にてからいふ法をまふ
されば八十日て百歳に法をまふさへ二十日で老人に
到る法をまふされば百日にて目出度こ法をさ
まふくれども三世ん上せんせんなれめぐり
仏ゑ目ぢやうそめでたきあまたのでまゐり
給ふ名ちゝ色とあり給ふ天照大神宮と
現れ給ふ左んてくる名に閻王天乾闥婆王にて家作

まんだらハ大日如来なり外宮ハ観世音大士御現しまします
まんだら十一めんくわんおんなりこめてあんまれ御すかた
遍照金多賀大明神ニて御現しましまし地蔵上人ハ
観紀菩比尼宝蔵菩薩ニて御現しましまし百万人の
大臣ハ波言寺方乃大明神とならせあふかれなれ
天照太神ハ十三との御ちかひあり一つにハ正直なる心とを
守らん二つにハ親に孝やうをつくす人を守らん三つにハ日比
まおくさ守らん四つにハ慈ひふかき人を守らん五つにハいちこり
かくなか守らん六つにハ月参りする人を守らん伊勢を同気せな
ともとあやうからさるハぐらつあそべしと申ハちかへまつり

七つにハ貧なる人をだしてふつかみや守すへし八つにハたからをえて
まなやかる人おたちまちに大ちんをあつてへとゆるさん
ありみつにハまれおとんぼる人な守らん六親まてとも
めんあんに守るへし十二にハこゝろおそゝぐ法花経
お讀誦ややうやうあろうとのはらへちよう巻そくた
一のきこえに因果者守らんとのはちうん寄う

閏裏三十番神ニ治安之事

朔日ハ天照皇大神宮おはしましたまふなり

二日ハ居ミハ八幡大菩薩のおはしましたまふなり

三日ハ賀茂大明神

四日ハ春日大明神

五日ハ大原大明神

六日ハ松尾大明神

七日ハ平野大明神

八日ハ祇園大明神

九日ハ二条大明神

十日ハ日吉大明神

十一日ハ白山大権現

十二日ハ蔵王大明神

十三日ハ稲荷大明神

十四日ハ住吉大明神

十五日ハ徳年大明神
十七日ハ徳手大明神
十九日ハ嵯峨大明神
廿一日ハ清水大明神
廿三日ハ稲荷大明神
廿五日ハ西宮大明神
廿七日ハ藤森大明神
廿九日ハ若宮大明神

十六日ハ高雄大明神
十八日ハ三宮大明神
廿日ハ田殿大明神
廿二日ハ榎田大明神
廿四日ハ廣田大明神
廿六日ハ稲田大明神
廿八日ハ平尾大明神
卅日ハ平尾大明神

これによりて百日づゝ結れて同衾化御署きされ語
世ニハおん色乃人お嫁んどゝめほひかへ毎り志寿て

ちん〳〵ぜんあり寒き時にハ着物をあたへ
ぜん〳〵をあたへてハこゝろやすくありうゑたるものにハ
おきあたへ候しきぬ小袖であたへてハこゝろやすく
又川へながれんものにハ情急にあたへ候渡舟を
あたへてハこゝろやすくあり病人をも大切にいたし候とも薬
あたへ候太刀かたなをあたへてこゝろやすくいく
にまいりみるにあたへ候文めぐりとハ命たすけ候
ころもだいありて文をぬ小袖であたへてハこゝろやすくあり
くびとてだいもそのたとへにまいりてまつべし二つにハ
一 三月おりめのふ朔日十右廿百三百十二月あり其に

面あるおあひきある三悪大罪なげんざいあくあん
ごたやうぜんたやう?すとうみん（已八）一首三魔んと
あいへ一首に〇うたをうたを。およそなるとなれのいま
うたやのうたのまては。のとうじやう三魔んくるをてなる
一だんにうたにうけ?ぞうれとうまうけ文字のかうまけ
そのくうハさうくこうけべし九ハハこれかまんおもる
とあく八十ハまんとも?んかんは?ゑんとよみたる
又歌こそかなるあるそとこれおまんだしまえんにあるおて
あしくなして七むあしてまきんとうほうかつかれ
又千巻経をとむそとも六根六?をとむとと

これよまたせんハむねしくとあり花お説て
宝塔はそし地お宮にとまれにそでぜんハ
むなしくうきんとあらくりをさおするとと経く
品とおくさとしまれにきせぜんハきのさげてハあるは
くまうとあたとくのうばのた法おもつまつく
御保塔すまきえと申せべし十方にハ法花経お守ん
とあらうんすうこれ釈迦多宝の御説法にておき
たまついて出よるひやくそくあまによつて法華経を
説ざしたまふあまつゝこれによつて法花経まん
ある人問覚云既大ごゑにめつてあ法のるそう

又あるもの仏法まへよりもひざる事むらし一ヶ月廿日
ころ三信三字殊ころあらし是を見ゝいと云事の見物人披
仏法者あやぶんで又なまでにあらさんとおもふとも
人のうらむるそたのもしきさるゝ事ね五意主の流
わきまへんともかり弟子めぐらしおもかたけ同心にハ
仏法ハたゞ信を守もすれもさんらも同心にてあるべし
きやくられ宮ハたゞ〳〵なむりのあへハ志をむしてさ
あやまり仏法ハやぶりぬるをてくりける尼陵(?)なまれ悔り
はかるすゝむ事をたゞ〳〵けんぞく百者踊(?)ありうへの
ぶさくてこちくたりて母の後ハ是者ぞとおのらく

ゆくすゑ七日のうちに三千大千界のうちなる摂受
摩訶大迦葉もちり年おたくてたゝいまをこゝにきたら
たゝく因縁に見たりけにあづさあめ申さんとそやさ
さめさいさをまへはたらいこれをきかれて悦ひなり
なりきるほどに三百めに摩訶大迦葉めさうこゝにおたまゐ
たくいけ法をとき給へんハ八万のゝ三千世界の衆生
極楽ハ千法おいちくしきやくくはららとらしきわど
くもとらあるいハ海へおちて露くなにしてしへ
下をおさこめ給ふなり又其後六十年のちハ
みろくさりにあるおとにおやぶんといふて

ありてきといふ物ハそれかしか所二十万ぎけんぞく
を引つれ日本にわたりそのときにんわう三十
代の帝きんめい天皇のやうそ仏法つたはりし天下お
をさ[illegible]やぶりしこゝて晋自れらにたいぢせられまう
百千万億のけんぞくをうしなひ人ましとてるしのこり
ちりくにうせたまはりてそのゝち当国[illegible]
たく物くすにむくひをあらけんとてこゝにあ
けんハ尾張の国あつたにこもるあまふこれにあまて
仏法ハ日本ニ云こたつにて[illegible]へに[illegible]
るあうまいりれども、あハ[illegible]ニハ仏法ハたいてんため

のかゝべん当りまに末世ハむぐりてへ壊をと
人乃心けんにそむぐらをハたゞじする事なす
くこたるめし仏法ハ寺きと云を色しにハ出家
神乃まへにまつを治てらゝハいだとこ治てらゝハ色んおて
年体法ハ寺て神乃出家りといふ寺乃文神ハ
けんわゝ君ゟしまを知んとまみぐ文神ハわず
皇八千せん体八十一せん乃人治つりと仍ハ三つ比をど
なしまてれいよおさ在せにをおかふこれまよりて神ハ
乗に世経う申せ又大神寺ハ五まん気を在るハおすふ居
そく神乃人を治とりおまふおつ哀君をにまいりにハ

色も上品の聞など参りハ下品ハ聞など参でも有り気に
下品下生ハ内証を参れハ庭で又見もの義有りこれも
愉息などさいはいまふ有り[redacted]
気なるにハふだんやうきさいはいまふ有り

継母ざうまうさやうの事

父母共にいへ十三年目まで一周忌も十四年目すゑてさん
くくいへ生へ一忌あり親のいへ素名女子内継父継母の
いへ百五十日ハせきお後など言ハなず親ござし十三年目あり
兄弟のいへ百五日姉妹のいへ百五日たねとれハ七年し
まゝ子の聞れハ五十日まちやうさのいへもむかそらの周[redacted]さこざめ

まづ夫ハ女房をしやうハいにむかう月あんなハ男也
いミ三百日也いミハ何人も為候と忌れ候ども
男ハ婚をもち人れ女房のいミはりのちれ女房何人
もてもいミハなしのちの女房夫ハいミをもたぬなと
言れあらバそばのいミ百日あり父母れびつち
ひぢのいミ七十五日あらバそばのいミ百五日也
とれいミむこ小五十日めるまてとれいミ五十日むこ
れいミまてとこ三日をいめん三十日いとこ三二十日
又いとこ二十五日やゑいとこ七日くゑいとこ三日ひゐやせ
よりめハ三日八つハ七日やくやみハるとりてのち

七十五日すぐる猶八日かゝりておあしいだすべしたとへ八
月ならせてよきものなり七日はほしそこなひてよみ六月生
るゝかしかりにて七月合ふるべからずうまれあがし百五
十日月よく百五十日いぬくゝしかりは廿五日いねたえてる
ゝ八百十の百手まるたてく八十四日子をうちらしく三猶
なかたてるは百日ほと久しくゝゝなる八百十の日あひ
出三十日又を合へて七日ねづみくゝなら八七百又三そく
くゝなるはいみあしいんだしたてる人八百日二ありて
備わいかはおほ月にしかきなら人百十のはつまゝ物なり
人は三十日たこいひろいいおもとて人百日長するの

ハ五十日あつてしさ廿百かけかやくぬ十日さとる
人ハよろづいはうしいのり　三日何時成よあれ
今日ふハ糸交やべからで肉のそれていてもち人ふや
いとまくなるはもち石くなるは三日ありけぶさき
やうよくみゑけ糸交やべし　ゆめかり
神明のれキ記シニ坊カニイニサンドニタリタルヨリ
ハセノグカンヲンアエ一度てエしトノれる十リ
ほまれた十一めんてまんなん三度参なるよりあさしま
かたけのこてうぞうゑがきら、まゐるへ三とあれち
かへるうこいとか本古之郷八本地八大日如来にて

をりさせまするへあまをたすけんためにくらゐを
すべらせたまひてあまてらすへ三ねんのくろうをこえそう
けたまひてまいらせし御経のれんどくにそれ
たうゐ中はよるもあかだてらの御まへにはふれ
かことをかうたまふいちごのうちまでもごぜん
とおりたまふかゝゑふやどりたまふなりて
てんわうちはまこうをまもりたまふ国三年て
まがみおひきさきしまつらせたまひしそれ
うちれはをへんどくたうがたきこともふ文の
う人よろづ御経のれんどくかきしりあまた

よろづのたつとまさりて御ゆへよりせべし そのときに
ハやきこあるべき事ハむつのひて 御代その御中に
天地を御作りなされ候 そのてこたねさて
おねまゐらせまふかさめへしまいさるてハ命あたすけ
申ければ 御あくたねハ見とさねと御ちかひゑふへハ
まふともにたまふとものがたりもや 御身候へ
申ける日よりおはしまにてさがしうに申ける八大慈
大ぜいおありめし いろにあそてのたねあうとも見なし
まてりやんのまゐらせとひとつれめしそのときでうすの御やく
べんてつらまふたりたねまぢやんともおもひ御前に

なきあふたゝ人これおこて我八呂毛乃人あり〱て
ありあく目やゝてしまりくみとく〱ろ〱ね
されあへくれにねあ毛ろめあふありそのまゝ毛にたね
やさらあたねさろまとさきにいねそれあめにやさきます
るありそのまゝまづく〱にせ大織冠ハ兄のをと
せべしやさきあはせはきの八王路上千手観音
ぞくを表ねありそれハ能なありそはよりありて文
目れんのをじめやの上みれんをんなじめれてありて
目れんハあまりあはとうありいざさらばいざさらば母の
ゑるたゝ空をふるる〱てそこせのさんぞ〱て大僧

の中をさだしまゐらせさあらじ給をこのせこさにあく
けれハ瑞りし道行めをこ太平国とけ此後ハなみか
このたゝさまりて玉をとりまゐりとの大和国にこれあり
とこのあるもの後これありて浄瑠璃こらハ天皇のおう
志やとおう法しのふありとりはけ内宮外宮とハ
天照大神にはなれ給いてこの帝おう法しのふあり日本
乃たよりのまへ八幡一代のをありはし人皇十二代乃
帝成武天皇のみをさ二十三年の廣隆ハてあまる
上宮太子仏法ハまことまじをこいけ君そのはら
人皇二十三代の帝崇峻天皇は仏法をさ六十六ケ

国々よりわたりて文物々宝々百性を定め給ふ君
人皇三拾代の帝欽明天皇の御ときねんがう
よハ白鳳二年甲のとし百性おくだりさだめ年号
をあらためたまふ其龍宮みなもと年号百三千年号
大宝より三十四年号同年十二年さかりくだりて仏法
年号をあらためのふ同じはじめハ大永二年と
三万七千八百五十二年にあたりて文正元年ハ大永の
同年ハ応徳りハ大永弐年より二万八千五百四十一年
にあたりて文禄四年までハれけれなハすきさてハ大永
二年とより三万四千五百七十二年にあたりて候

弥勒乃出世御代ある間とても罪障の深き人どもハ
たとひ法をきくともその法をさとらん事ハ一大事因縁也よりて
あそばれまふあり日月待日げんじて申

正月三日八半時て出ル
三月廿日五ツ半時ニ出ル
五月十六日二ツ半時ニ出ル
七月廿日五ツ半時ニ出ル
九月八日二ツ半時ニ出ル
十一月廿六日四ツ半時ニ出ル

二月七日五ツ半時ニ出ル
四月五日五ツ半時ニ出ル
六月十六日二ツ半時ニ出ル
八月十日二ツ半時ニ出ル
十月十五日二ツ半時ニ出ル
十二月十三日五ツ半時て出ル

右此月日をまちつけるとまべしうたがひあるべからずと有り

又作除穢のまんおこりの者の事

ちとさくたやいるのこまごをさよのけれいむまごをてりくに

あめてこえんけんと十六日ごとに此うくこえんをそてこ

りおりくべし十六日ごとにこりありいさと御ゆのこりに

ちくいばこそきむべくまで又御ゆの此てきとえきえてん

ぐうくせざるとし此事

男八十ヲ越ス男千二百廿三女八十九ニ二千七男千二百廿十二此よして

あいあくる己そつで八十余の中に何かだまさる者あり

[redacted]

同慶長十二月四日神上殿人々事

正月ハ天照皇太神宮
三月ハ春日大明神
五月ハ松尾大明神
七月ハ住吉大明神
九月ハ白山大権現
十一月ハ稲荷大明神

二月ハ八幡大菩薩
四月ハ加茂大明神
六月ハ熱田大明神
八月ハ熊野大権現
十月ハ鹿嶋大明神
十二月ハ祇園大明神

これなどて十二ヶ月づゝ御番を請て内裏の御番をまもり
然ろハこれハ大裏の御まもりあるなり又日本のすべ
月なけれバ十月十二月御神蒙の大社にて御あれ
まんかれなどと天照大神宮ハ御むかへまゐりたまふて

出雲国ニハ十月お神あつまりと云ありかくにてハ
神無月といふあり天竺の王代をしめすと云ハ
萬億大皇といふは此代はじまりみる大日如来之
大神宮御へんげんあり日本六十六ヶ国の郡の数ハ
五百四十四郡一也右村の数八千四百八十ヶ所小へ事ゝ日本ニ二十九里
又男の数十九億九万九十一百九十人又め代り女ハ二千九億八万九千三十人有志まる七郡有同ハ
女ハ一千ヶ志んやん国の此世ハおあぐく見世代一里自世八丙十ヶよ
志めん中日年八十二ヶ月年八六ハ志めん志めん云六三十
六町あり一里と一ヶ志めん云あり田地を取といふハ
三百六十ぶを一たんとさだめ田地の田をはかりて百ぶ

あるひは湯に浸りこれを花乃咲みるにあらし又ひ

ぶある所あらいて乃あけんぐにおきあ又ならびあるひは

おいのちをうら人にとらせよ又千ふつあるひは祇園乃

さくらまゐりて京都東寺極楽と云京都南に

あんぜんといふ京都西北いふ京都小西へ

ろくごふこれを見目に見る経釈教所紅葉庵

雲斎菩薩乃御きことえに御だちの事

四月十六日ニ女房をたつべし　火乃なんをのがるべし

二月八日ニせきせんたつべし　水乃なんをのがるべし

三月廿五日ニさけをたつべし　風乃なんをのがるべし

四月十四日にすゝはらたつべし
五月十六にてとてきをたつべし
六月十日にふかの屋をたつべし
七月十五日にすまいたつべし
八月十八日にあさ皮たつべし
九月廿八日に毋をたつべし
十月朔日に五のいゑをたつべし
十一月五日にやこんをたつべし
十二月十三日に山ととたつべし
右此日あさまの庵に虚空蔵菩薩なむ...わか

きやうせんのあんのかまべし
つるきれちんおのかまべし
たてわかまなのかまべし
かくのかりにかけまず
おやそり頭にのかまの
かたしらおのかまへし
三余川まとまの
ならへのはうんをのかまべし
人代のろへおのかまべし

うたがひなくきこへし又当国衆かたの禅
は伊勢太神宮のはらへにていのるをみへんとの法
きもんあり

一 むかし此念さんのたつさき信ありけれ
ばちざう坊と申念仏者おそれてそんめいのほ
いのまゝ後を時ことばをあらそへてしまわ
すまゝ仏の法然あるゆゑをあんありさる
がへらば国中は神国にて仏をしるといひ
日本は法ゆゑと仏法信者にた
らをきこ神事これなく仏あり何にそて

御はなしをきこし給ふあんだが、ごさいさんは
つをうけ給ふなまけんなめみんにくのこ
らやをきなつきやせけさをかけさごご
つのちゞよぞおやらこゝをとぞちれだえ
やさしきをさえはかくこれほどまさにこ
かへれとのよふ何かはがやものあふ
いばこさやきえんハちやたれわしい
きいにちる御きゝまへみそい
は思ひなれあるまゝれてをさみむろく
をきそよなふハあしなどさたかく国へ

八海山国さと見れとものにすみなて
つかしかえてえきりまれいかえさかへみ
くハじくともいふせ海くと佐れ乃見色坊い
よくえくをたてこれた施かあんちか此のたく
みてあんゐあへはち見をふしましとて
こしよるとえやくえやしおめきいでしち見ふ
つきさそろゆのだり添くてもえんめんはえやざえん
もえんぞしいりもんをえやくえや中
さのだり添くあざれたつらるれかりらお
と伝りつ地色師さこ「めしえやくえや

をみかくこゝろのかゝり給ふあり
其時神明の仰をかうむりしは母人
御八十七せんなりこれ
まて御身をそれとて三つ度はすまて本くら給ふ
ちらざうぬ給ハいかゝやるおみうまれいかめいつは入れお
しまふそのちにみやくだやくが弁ゐの左の作をまこと
あくらほどされたりまるこ一代に一度も仏家
申されぬ人ハ此世にはまことそ本たりりのかく心にけ
一度も仏家ハまてしこの御縁讃おうだやうなる所
ゆめくよむ反はと一度もそれハ作行に二三度も
たゞにあるなるよう又五月十六日つぎたハ毎あめく

ぜまんせいみさおしあらせ二れおゝまと申ハやまみぞの
まんおのれ命此まふりめてとまりのまふりあまべ
も一度ここにふれたる心をしあ富申たるにあくあるを
まりおろかにおもふべりしぞゝのくまんかゝ申もある

右此御縁起世間無多細改是惣傳申者也

享保十九年寅 文月十六日

高野氏

そもくうやまってしやかの忍[illegible]

て悠ちくとせんゆめの忍さくれとすゝめ日本のかの

貞[illegible]

忍す[illegible]七月中の時[illegible]

[illegible]

ん[illegible]さて[illegible]とやかそう[illegible]みさこゝろ[illegible]

[illegible]八[illegible]

[illegible]十七[illegible]

ぬか[illegible]

大日[illegible]

越後国蒲原郡[illegible]組[illegible]村

享保十九年寅 林鐘中旬 [illegible]

六月[illegible]

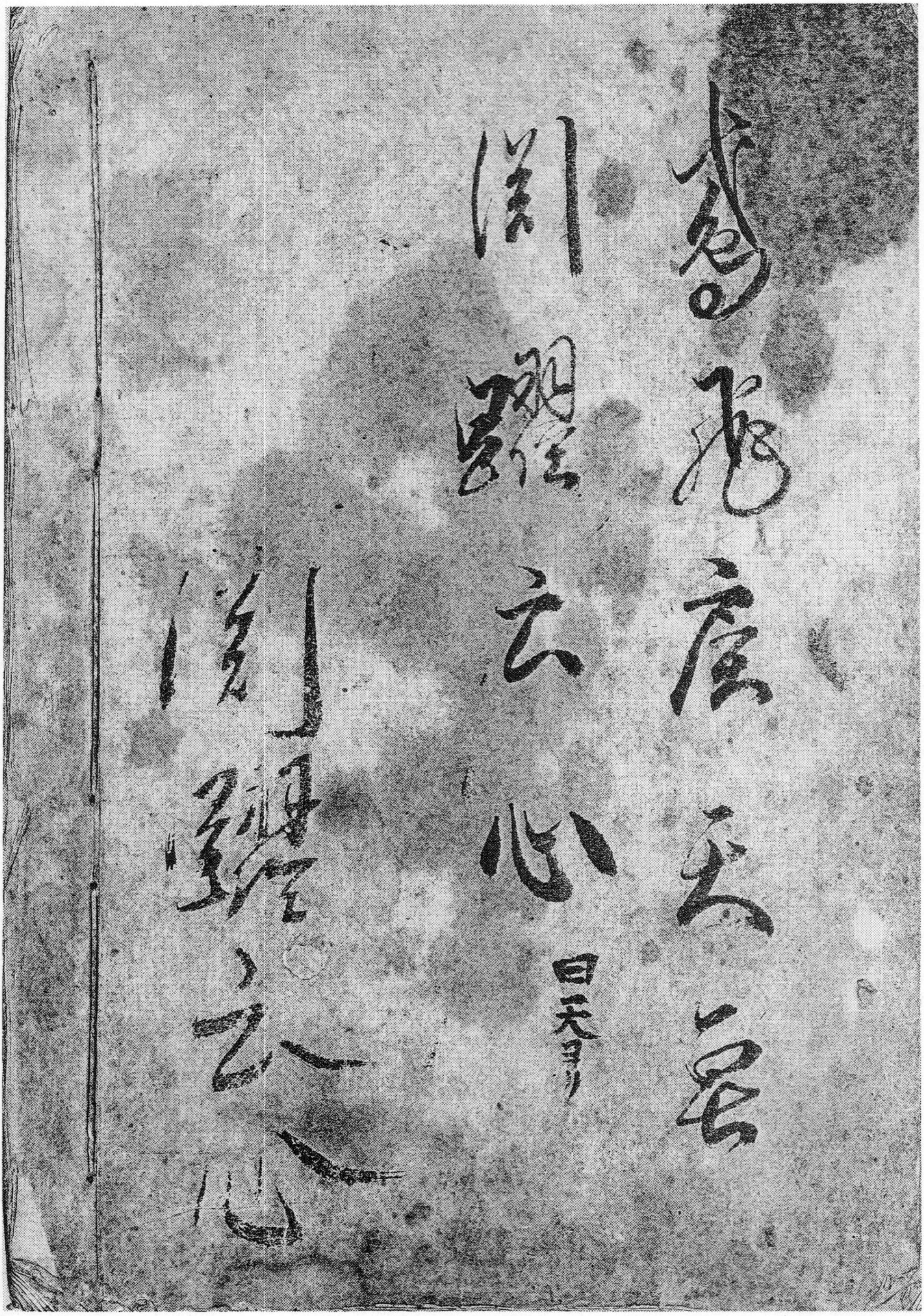
闘躍之心
日天ヨリ
闘躍之心

解　題

『天照大神本地』は、天照大神の本地を語る物語である。慶應義塾図書館蔵本の知識の羅列のところに、「大ゑい二ねんまて」とあるから、大永2年（1522）には現存本の内容が成立していたことがわかる。以前は慶應義塾図書館蔵本のみの孤本とされていたが、現在は同内容の写本が数本見つかっている。その内容は以下の通り。

西天竺のはらなひ国のけんたつは王は、大きな内裏に住んでいたが、子供がなかった。観音に祈り、めうをん太子が生まれるが、三年後に母は死ぬ。十三歳の時、継母が来て、太子に恋文を送る。太子が拒絶すると、継母は怒り、いじめを繰り返す。太子は、ここにいても無益と考え、父王と共に舟に乗って、日本にたどり着き、天照大神と現れた。内裏の三十番神や、忌みの日数等を記す。

なお、『天照大神本地』の伝本は、慶應義塾図書館蔵本が『室町時代物語大成』十等に翻刻され、架蔵の別本が『三田國文』第二十号に翻刻されている。

以下に、本書の書誌を簡単に記す。

所蔵、架蔵

形態、写本、袋綴、一冊

時代、享保十九年写

寸法、縦二九・六糎、横二〇・三糎

表紙、墨塗り表紙

外題、（御祈祷）天照皇大神宮御縁起

内題、天照皇大神宮御縁記

料紙、楮紙

行数、半葉一〇行

字高、二七・〇糎

丁数、墨付本文、二六丁

室町物語影印叢刊25
天照大神本地
定価は表紙に表示しています。
平成十八年九月三〇日　初版一刷発行
©編　者　石川　透
発行者　吉田栄治
印刷所エーヴィスシステムズ
発行所　㈱三弥井書店
東京都港区三田三―二―三九
振　替〇〇一九〇―八―二一一二五
電　話〇三―三四五二―八〇六九
FAX〇三―三四五六―〇三四六
ISBN4-8382-7054-2 C3019